AF452325

26 Février 1885.

VENTE DU JEUDI 26 FÉVRIER 1885

A DEUX HEURES 1/2

HOTEL DROUOT, SALLE N° 1

OBJETS D'ART

ET

D'AMEUBLEMENT

MEUBLES ANCIENS

BRONZES — TABLEAUX

Porcelaines — Faïences — Objets de Vitrine

TAPISSERIES

ÉTOFFES

Curiosités Diverses

EXPOSITION PUBLIQUE

LE MERCREDI 25 FÉVRIER 1885

DE 1 HEURE 1/2 A 5 HEURES 1/2

Me ROBERT LE SUEUR
COMMISSAIRE-PRISEUR
29, rue Le Peletier, 29

M. F. JACOB
EXPERT
7, rue Drouot, 7.

CONDITIONS DE LA VENTE

Elle sera faite au comptant.

Les adjudicataires payeront *cinq pour cent* en sus des enchères.

L'exposition mettant le public à même de se rendre compte de l'état des objets, il ne sera admis aucune réclamation une fois l'adjudication prononcée.

Paris. — Imp. de l'Art. E. Ménard et J. Augry
41, rue de la Victoire, 41

DÉSIGNATION DES OBJETS

MEUBLES

Bronzes. — Porcelaines. — Objets divers.

1 — Belle commode Louis XIV, ornée de bronzes et têtes de mascarons.

2 — Autre, analogue à la précédente.

3 — Petite commode Louis XV, en bois de rose, ornée de bronzes finement ciselés.

4 — Petite commode Louis XVI, en bois de rose, ornée de bronzes.

5 — Bureau à cylindre, en acajou moucheté. Époque Louis XVI.

6 — Commode en bois de rose. Époque Louis XVI.

7 — Beau lit en bois sculpté, style Renaissance, avec figures de cariatides.

8 — Canapé Louis XVI, en bois doré, recouvert en soierie.

9 — Autre analogue.

10 — Canapé Louis XIV, fond canné.

11 — Bois de canapé Louis XVI.

12 — Tabouret Louis XV, recouvert en tapisserie.

13 — Bois de canapé Louis XV.

14 — Jolie vitrine à deux portes, en bois de rose, ornée de bronzes. Époque Louis XVI.

15 — Secrétaire Louis XVI, en bois de rose.

16 — Table de nuit, en bois de rose. Époque
Louis XV.

17 — Guéridon Louis XVI, en bois de citron-
nier.

18 — Grande frise à rinceaux, surmontée d'une
tête de femme, en bronze ciselé et doré.

19 — Petite table ronde, incrustée de nacre.

20 — Meuble-vitrine à une porte, en bois
sculpté.

21 — Deux fauteuils en bois sculpté.

22 — Banquette à dossier, en bois sculpté.

23 — Pendule Louis XIV, en bois de racine,
ornée de bronzes.

24 — Joli meuble-cabinet, sur pied en écaille,
avec ornements en bronze.

25 — Baromètre en bois de palissandre. Style Louis XV, orné de bronzes.

26 — Autre analogue.

27 — Statuette de Bacchante, en bronze, d'après Clodion.

28 — Autre analogue.

29 — Statuette de faune, en bronze, d'après Clodion.

30 — Statuette d'Apollon, en bronze Louis XIV, sur socle en bronze doré.

31 — Paire de chenets à enfants, en bronze doré. Époque Louis XIV.

32 — Deux statuettes d'enfants, en terre cuite.

33 — Bénitier en bois doré. Époque Louis XIV.

34 — Plat italien, en faïence d'Urbino.

35 — Autre analogue.

36 — Groupe en porcelaine de Buen Retiro.

37 — Autre analogue.

38 — Groupe de Mercure, en porcelaine de Chelsea.

39 — Cartel Louis XVI, à têtes de béliers, en bronze doré.

40 — Paire de vases, à couvercles, en porcelaine de Chine, décor en émaux de couleur, sur fond chocolat.

41 — Plaque en émail.

42 — Autre analogue.

43 — Cadre Louis XVI, en bois doré, forme médaillon.

44-45 — Deux grands cadres Louis XIV, en bois doré.

46 — Deux cadres Louis XV, en bois doré.

47 — Deux cadres Louis XV.

48 — Beau plat en Chine, décor de personnages, bord à jour.

49 à 54 — Plusieurs plats en porcelaine de Chine. (Sera divisé.)

55 — Deux grands plats ronds en porcelaine de Chine.

56 — Groupe équestre en porcelaine de Saxe.

57 — Groupe de deux figures en porcelaine de Saxe.

58 — Statuette en porcelaine de Saxe.

59 — Autre même porcelaine.

60 — Autre même porcelaine.

61 — Violon signé : *Stradivarius.*

62 — Plaque en faïence italienne.

63 — Plaque en faïence italienne.

64 — Trois têtes de Méduse en cuivre.

65 — Vase en verre peint en couleurs.

66 — Lot d'objets de vitrine, tels que : petits
bronzes, miniatures, boîtes, bijoux, éven-
tails, etc. (Sera divisé.)

TAPISSERIES — ÉTOFFES

67 — Tapisserie verdure avec réserve et canards.

68 — Tapisserie à sujets de personnages.

69 — Portière en tapisserie verdure avec château.

70 — Autre analogue.

71-72 — Deux portières en tapisserie, au point quadrillé bleu et blanc, avec armoiries au centre et aux angles.

73 — Dessus de porte en tapisserie, sujet d'après Oudry.

74 — Écran en tapisserie au point, sujet de personnages et animaux.

75 — Écran en tapisserie au point. Époque Louis XIII.

76 — Petit écran en tapisserie au point, formant
un bouquet de roses.

77 — Fauteuil Louis XVI, recouvert en tapisserie.

78 — Broderie sur soie, sujet de personnages.

79 — Broderie sur soie, bouquet de fleurs.

80 — Grande tapisserie verdure avec volatiles.

81 — Portière en tapisserie verdure.

82 — Tapisserie à sujets de personnages.

83 — Tapis en tapisserie fond bleu.

84 — Devant d'autel en broderie de la Renaissance sur velours.

85 — Belle bordure en tapisserie de la Renaissance à personnages.

86 à 90 — Plusieurs belles bordures en tapisserie. (Sera divisé.)

91 — Tapis en tapisserie fond jaune.

TABLEAUX

92 — **École française.** Portrait de femme.

93 — **Le Prince.** Deux panneaux décoratifs
peints en grisaille.

94 — **Duplessis-Bertaux.** Cavaliers.

95 — **École italienne.** Le Christ (cadre en bois
sculpté).

96 — **École anglaise.** Deux pendants.

97 — **École française.** Le Triomphe de Vénus
(dessus de porte).

98 — **Sauvage.** Groupe d'enfants, grisaille sur fond bleu, dans un cadre en bois sculpté.

99 — **Sauvage.** Attributs de jardinage, peinture en grisaille.

100 — **Lancret (École de).** Arlequins et Pierrots (dessus de porte).

101 — **École française.** Bacchanale, peinture en grisaille.

102 à 105 — Sous ces numéros plusieurs tableaux.

106 — Objets non catalogués.